目次

4月4日

風花空心

シンプルなこと
シンプルなこと
難しくするのは　簡単なこと

シンプルなこと
シンプルなこと
簡単にするのは

あれ？　どうやるんだっけ

風のにおい
花のいろ
空のきらきら
心臓のおと
シンプルなものになってみよう
まずは　白紙から

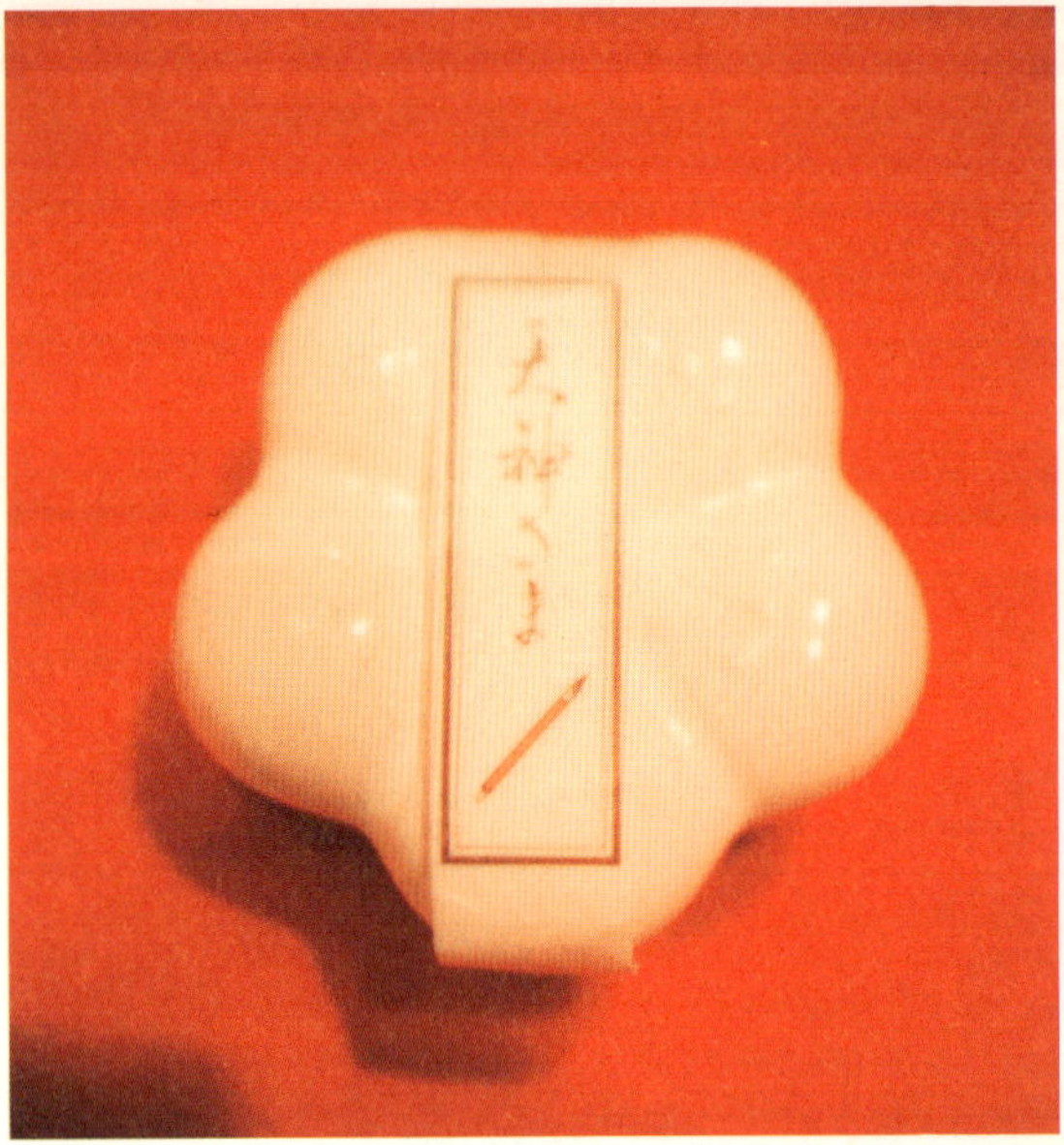

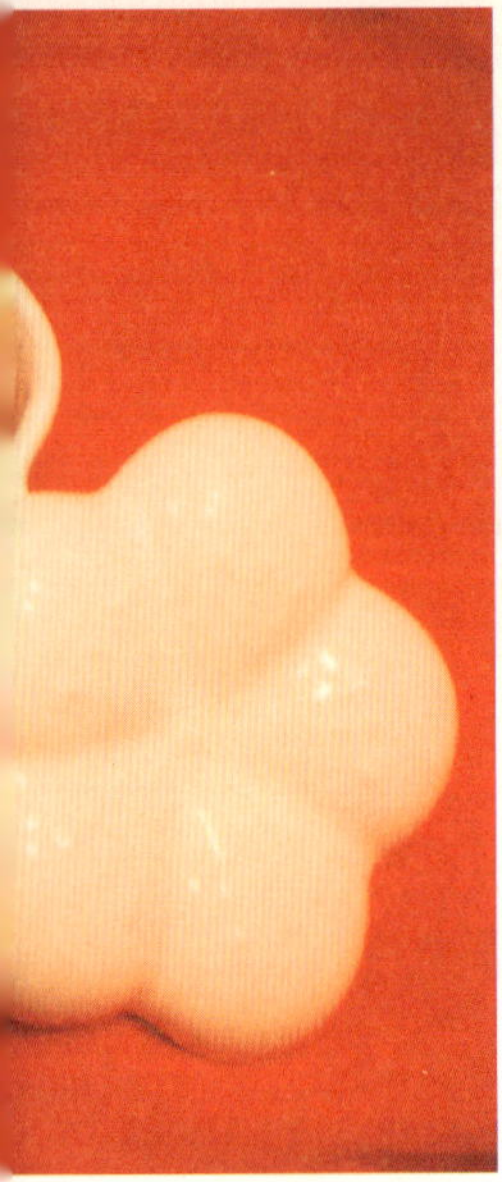

4月6日

鎌倉のお土産

天神さまへの春の使者は
桜の花びら
ひら　ひら　ひら　ぽつ　ぽつ　ぽつ

わたしはなぜか
素敵すぎるものには
もう おなかいっぱい
になってしまう

曖昧なくらいが丁度いい
まるで ぴったんこのものなんて あるはずないもの

桜の花びらも
真っ白で
ぽつぽつ蕾は
真っ赤っ赤

そのくらいが
心地いい

あの人とわたしも
ぴったんこではないけれど

そのくらいが丁度いい

陶器のふたを開けば
懐かしい あのにほひ

また春がやってきたよ

4月11日

花ことば

花ことば
好きな花をひとつ
思い浮かべて
パッとページをめくってみる

思ったものでも
そうでなくても

いくつもの物語が

息を潜めて
眠っている

椿はひかえめな美点
デイジーは無邪気　平和　希望
かすみ草は切なる喜び
菖蒲はよき便り
すみれは誠実　愛
アマリリスはおしゃべり
風鈴草は感謝

4月15日

馬事公苑

見る人に
よって
ちがうものに
映る春

あの人には
こんな風に
見えているんだ
とか

少しでも
何かが
重なった瞬間は

それは

それは

愛しいもの

こうやって
知らないだれかに
寄り添えたらいいね

4月20日

影絵遊び

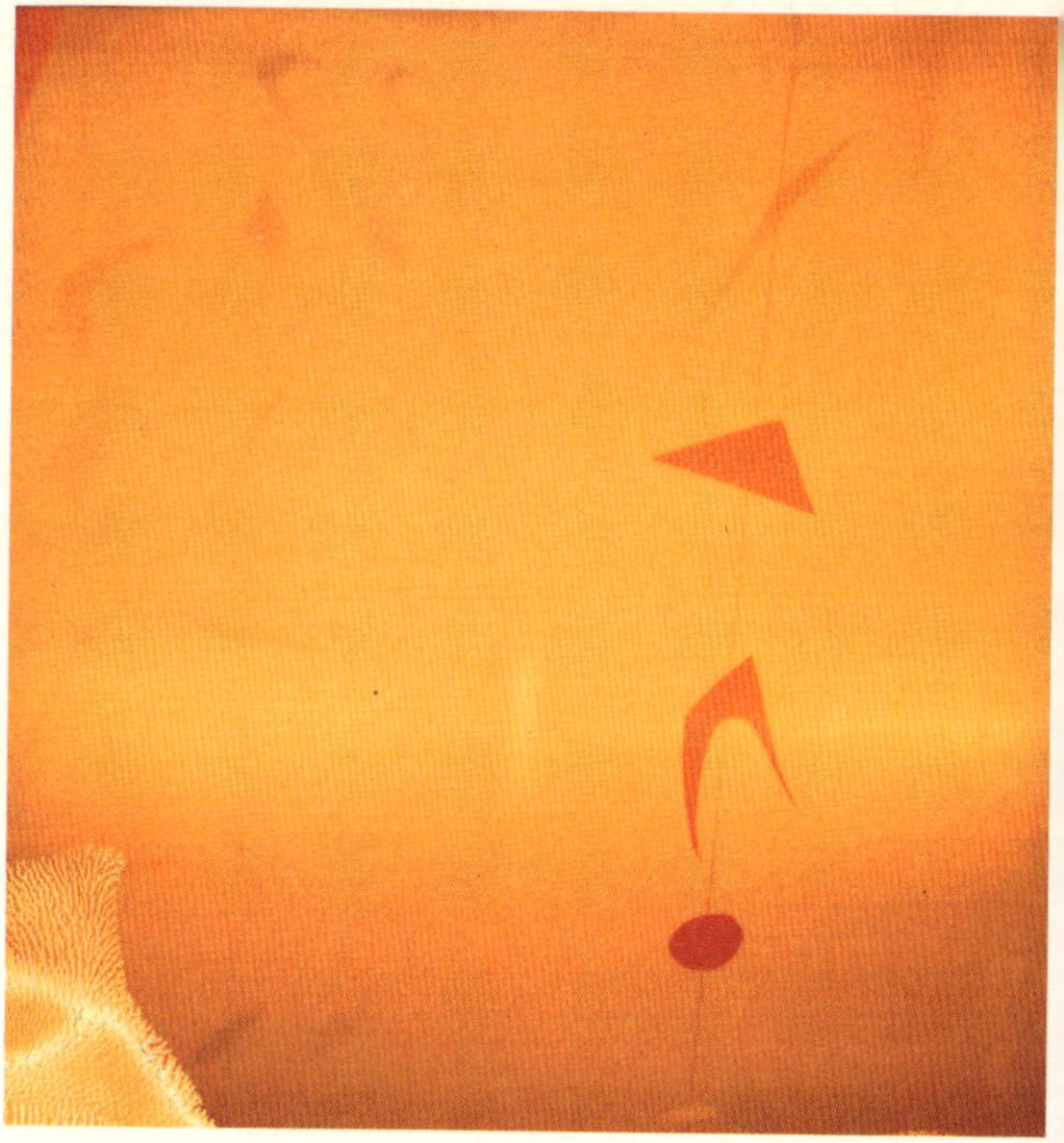

気まぐれに
吹いてくる風が
ゆーらり
ゆらり

そこらじゅうに　あるものを
ほんの少し
揺らしたり

そこになかったものを

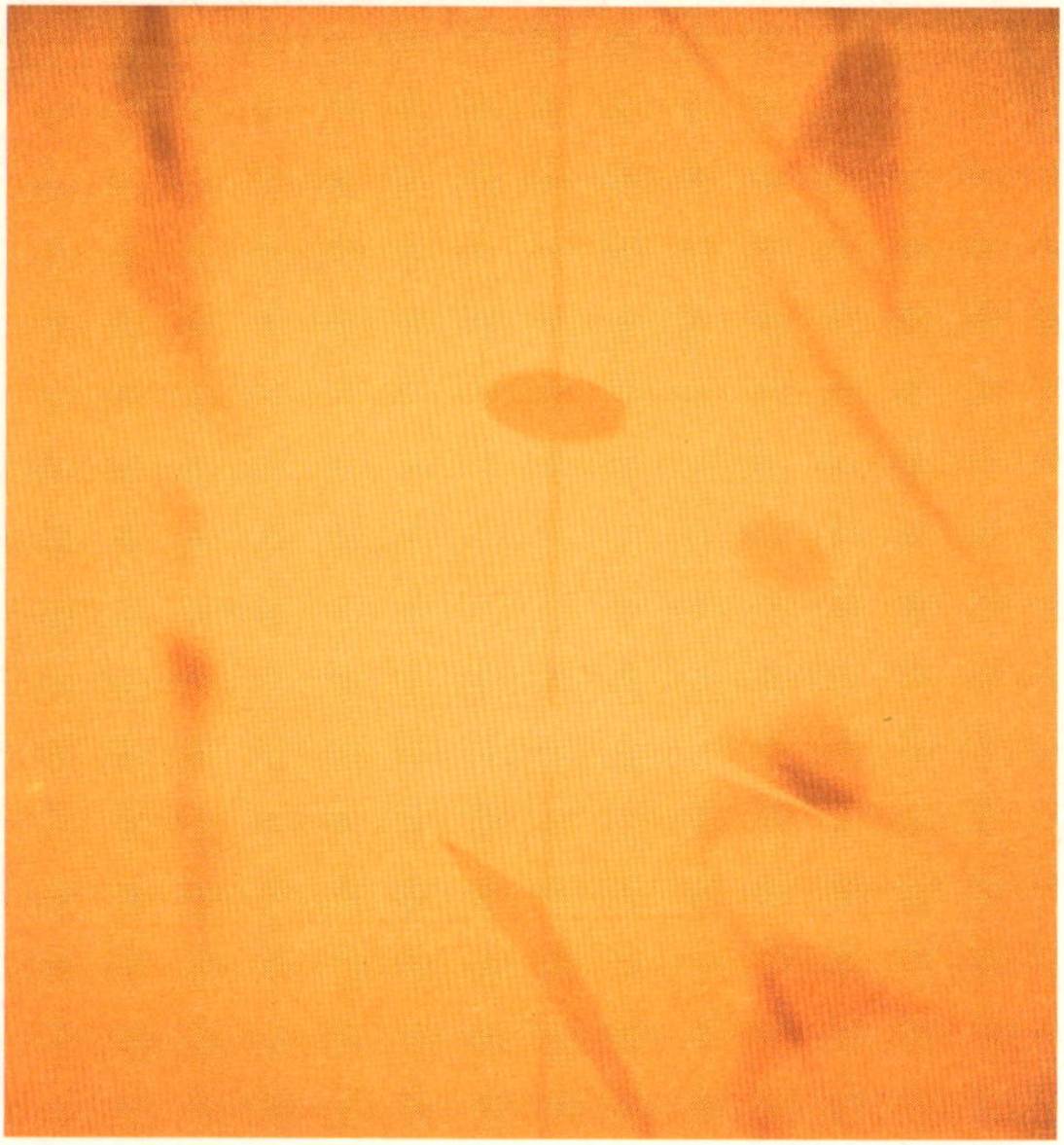

運んできたり

今まであったものを
連れていったり

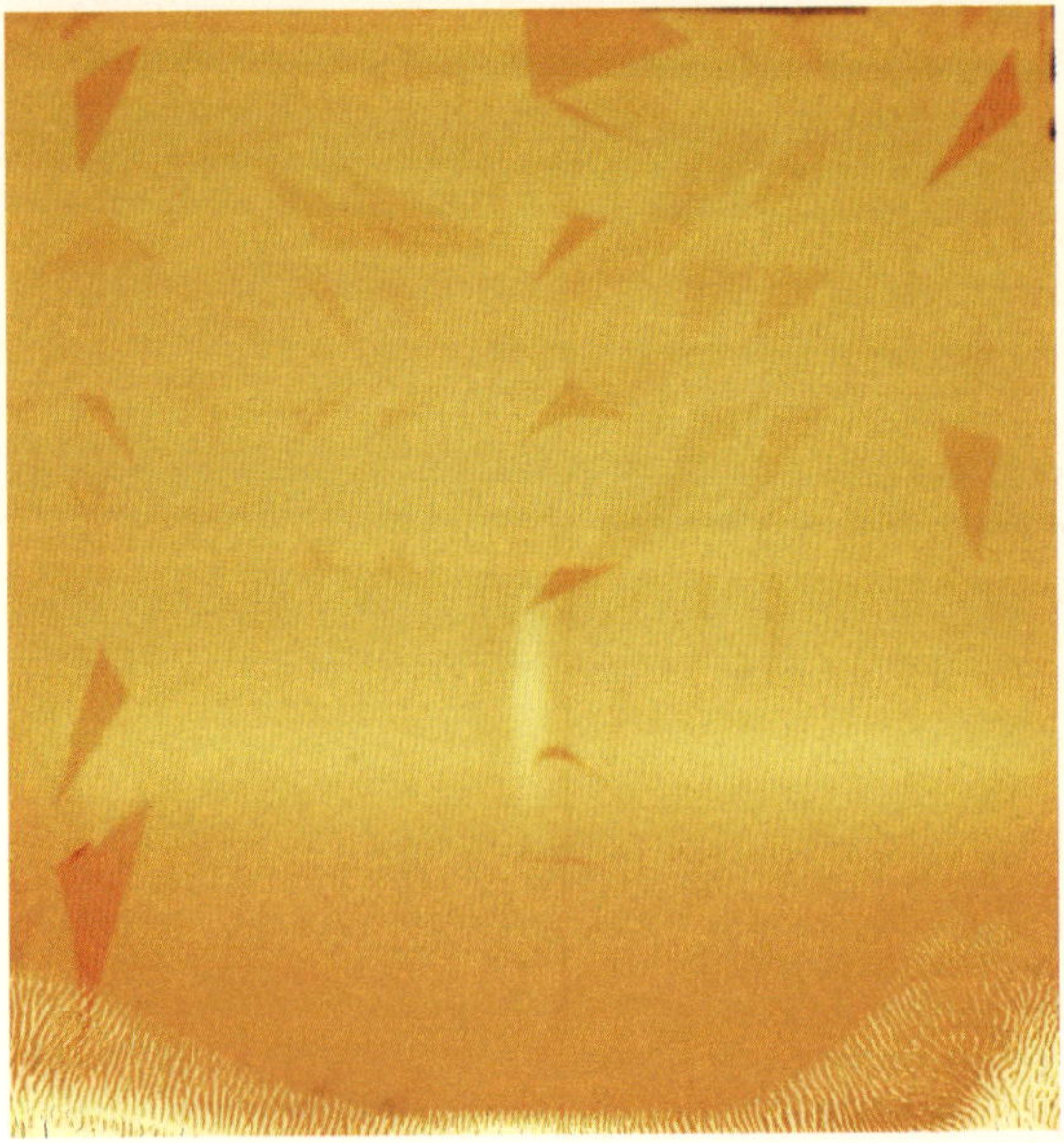

なんにも考えずに

ごちゃまぜにしたりして

いつの　まにか

消えて

いくよ

また

知らないうちに

4月25日

桜の着物

ビルだらけの街並に

しっぽりと溶け込んだ

桜の着物

古いものと

新しいものが

ちゃんとある場所を

残してゆけるように・・・

5月2日

ふとした瞬間

毎日毎日起こる　いろんな出来事
まるで関係のないことだと思っていても
実はどこかでつながっていたりする

ふとした瞬間に

頭の中にあった　出来事同士が
手をつないだりして
ひとつの 絵になる

そんなとき
いつもつきまとっているはずの孤独が
ふっとほぐれたりする
わたしも
何か大きなものの一部なのかな
そんな風に感じる

ふとした瞬間
ふとした瞬間に

5月24日

雪の結晶

遠いところにいるあの人から
こんなお手紙をもらったら
たまらなくなってしまうでしょう
今どこかの国では冬の真っ最中なんだって

カシミヤの空に浮かぶ
雲

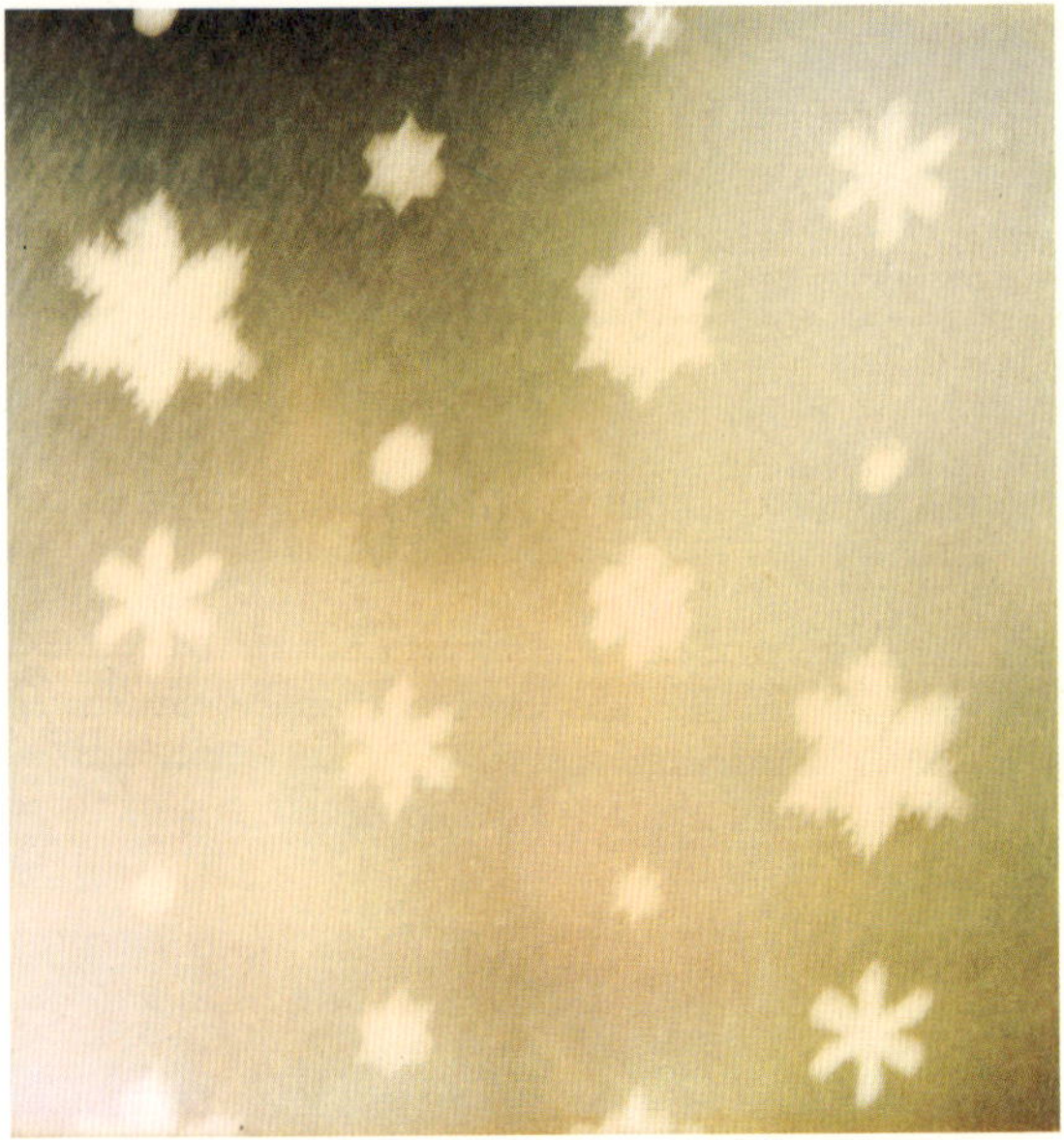

雲の隙間から落ちてきた
ひとひらの紋章

山田さんも　林さんも　テイラーさんも　金さんも
ブラウンさんも　佐々木さんも　王さんも　スミスさんも
ミシェルさんも　横山さんも　コリンズさんも　菊池さんも　プジャーさん
も・・・・・・・・・

白馬の背に　降り積もる

5月31日

赤い糸

頬紅の　紅にも
真鶴のおでこにも
ざくろばなの　お嬢さんにも

一つ添へましょ

赤い糸

正方形

6月6日

おんなじ鉢

まん丸
　　　四角
六角形
　　　たて長
うず巻
三角
　　　五角形
平べったい
横長
みんな違って
おんなじ鉢

6月9日

花ひらく

たったひとつの
蕾
だったものが

誰かに触れて

花　ひ　ら　く

あなたに触れて

たったひとつの　花束になる

6月19日

離れていても

曇り空も
雨降りも
突然の　来客に
少し　大人しくなって

おそれ入りますが、
切手をお貼り下さい。

151-0051

東京都渋谷区千駄ヶ谷3-56-6

（株）リトルモア行

Little More

ご住所　〒

お名前（フリガナ）

ご職業

□男　□女　才

メールアドレス

リトルモアからの新刊・イベント情報を希望　□する　□しない

小社の本が店頭で手に入りにくい場合は、直接小社に郵便振替か現金書留で
本の税込価格に送料を添えてお申し込み下さい。

送料は、
税込価格5000円まで ―――― 350円
税込価格9999円まで ―――― 450円
税込価格10000円以上は無料になります。

振替：口座番号＝00140-0-87317
加入者：（株）リトル・モア

URL　http://www.littlemore.co.jp

ご購読ありがとうございました。
今後の資料とさせていただきますので
アンケートにご協力をお願いいたします。

voice

書名

ご購入書店

市・区・町・村　書店

本書をお求めになった動機は何ですか。

- □新聞・雑誌などの書評記事を見て（媒体名　）
- □新聞・雑誌などの広告を見て
- □友人からすすめられて
- □店頭で見て
- □ホームページを見て
- □著者のファンだから
- □その他（　）

最近購入された本は何ですか。（書名　）

本書についてのご感想をお聞かせ下されば、うれしく思います。
小社へのご意見・ご要望などもお書き下さい。

ご協力ありがとうございました。

じーっと
見つめてる

7月12日

いっぱい

いっぱい

いっぱい

ひろったのなら・・・・・

いっぱい
いっぱい
あしたにもってかえろう

S

7月22日

Sparrow

Sing

Swing

寿司

スリッパ

Smell

stars shining in the dark sky

SORROW

サマー

S

8月4日

あなたに会えて

ちろちろと
色を着けて
太陽

みたいに笑顔を咲かせて

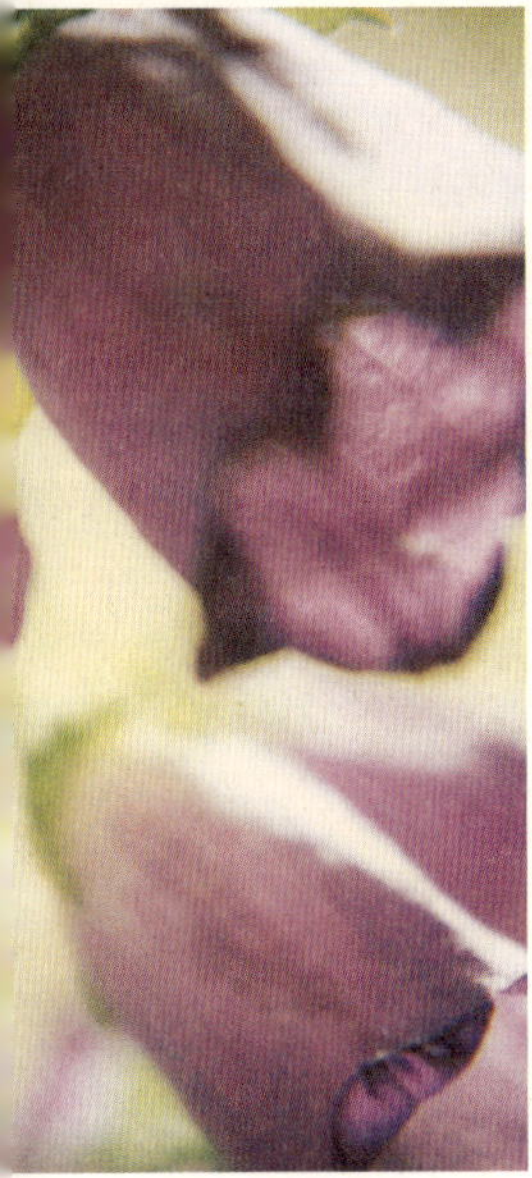

強く
心
を
根
に
はって

だれ
で
も
優

しく

包みこむ

あなたに会えてよかったよ

8月15日

静かだから見つかる
フランス編

あっち　が　　　こっちを
見つめているのか
こっち　が　　あっちを
見つめているのか

今あなたはわたしだけのもの

8月17日

夏の真ん中の子供

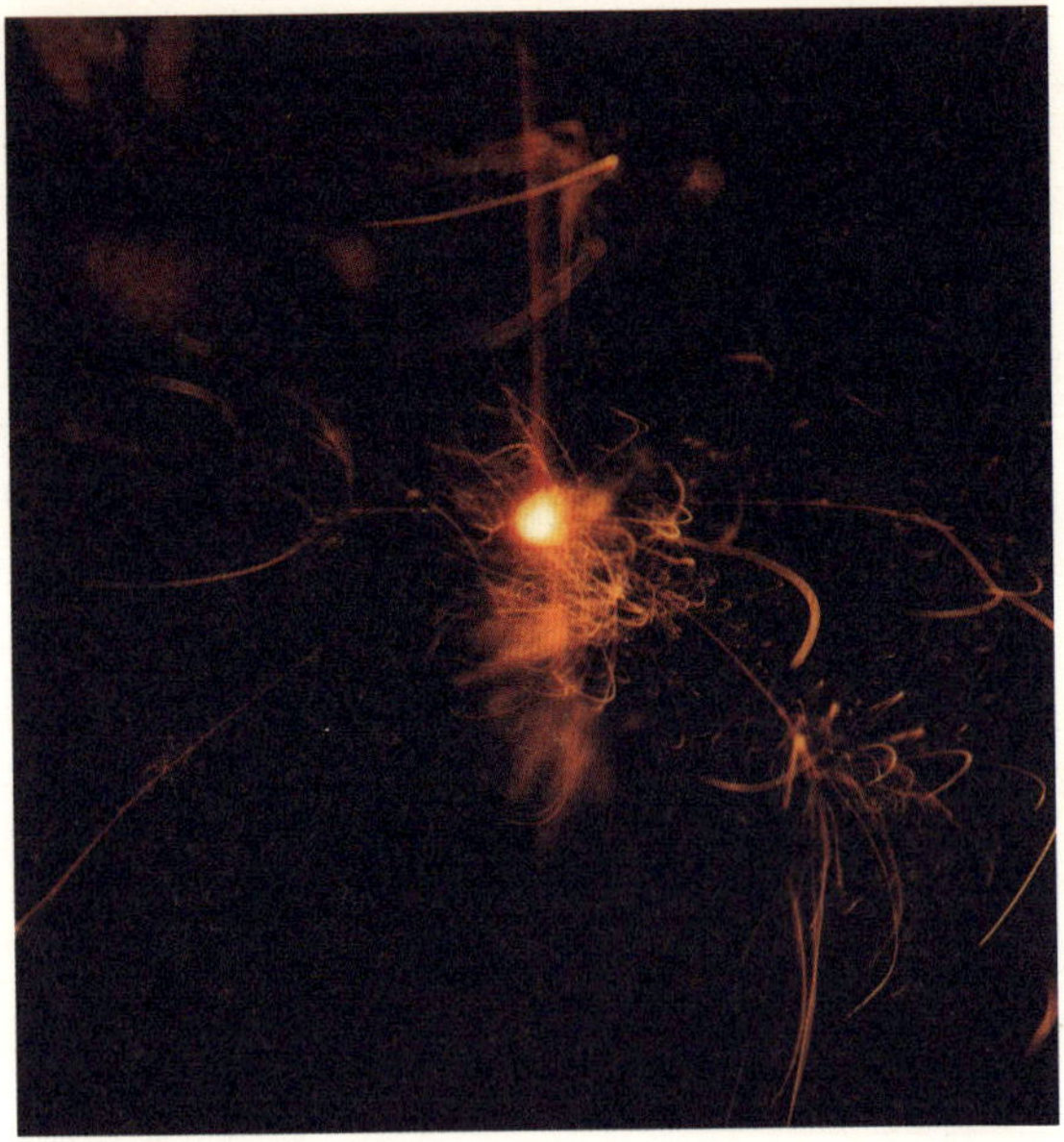

夏の　真ん中の　夜更けには
パ　チ　パ　チ　と
はじける音が　よく
響く

短い
夏を終える
蝉の羽音
空を二つに割るような
雷の旋律
フェスティバルで
鳴り止まない
拍手の嵐
夏の真ん中の子供達

9月3日

川遊び

透き通る川は
そこにあるもの
あっても気づかないものまで
洗いだしてくれる

あなたが

本当に思っていたこと

本当に

したかったことまで・・・・・・・

9月12日

カフェ「AL TORO」

眼鏡をかけた
2匹のぶたが

向かい合い
シフォンケーキを食べていた
ここは川の西側にあるカフェ「AL TORO」
そのお皿には　たっぷりと生クリームが添えてあり

片方のぶたがフォークをベロベロ舐めていると
もう片方のぶたは　最後の一切れのケーキでお皿を綺麗に拭き
慎重にそれを　口に運んだ

プ　プ

一通りの儀式を終えると　それぞれ　カ　カ

と　プ　カ

タバコを吸いはじめ

ついには　その白い靄の中に2匹は姿を隠してしまった・・・・・

・・

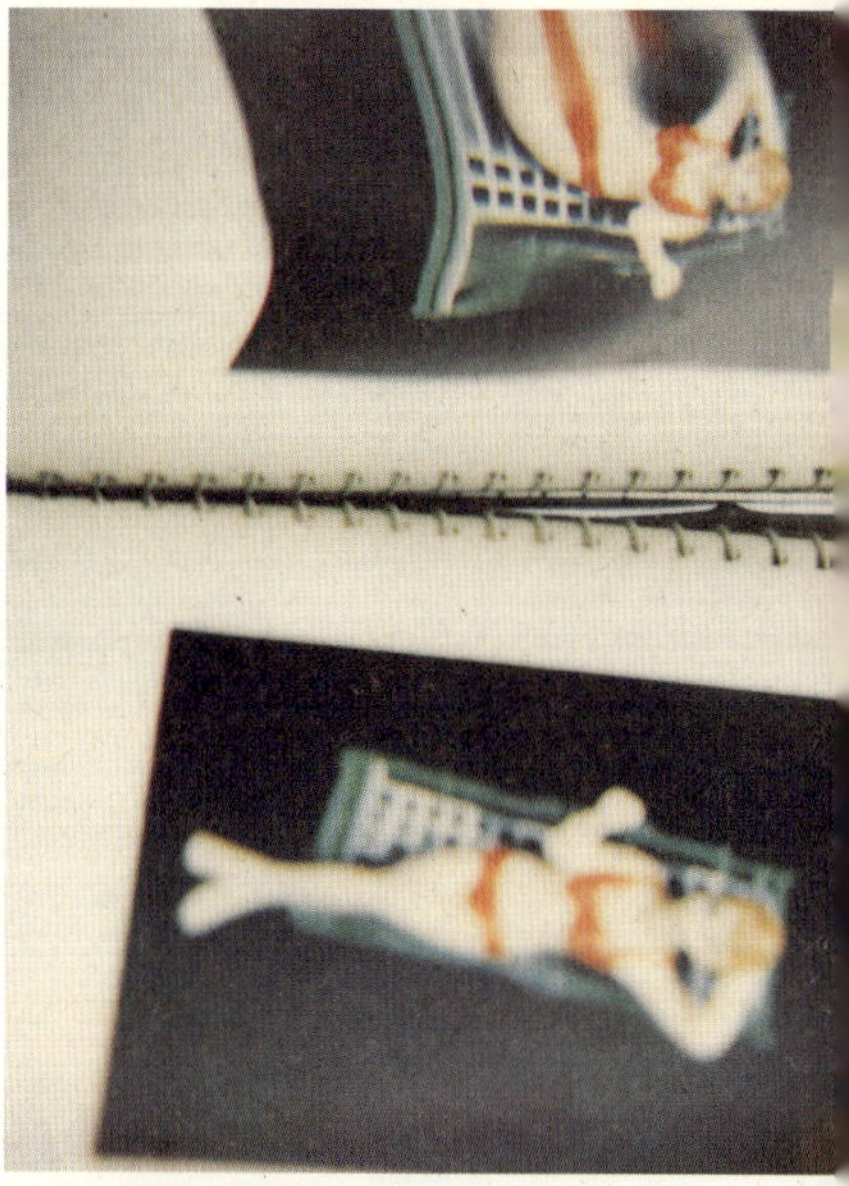

大量の　生クリームと大量のけむりの

な

か

に・・

・・・・

9月19日

だれよりも

だれよりも

速く走ったら

なにか　すごいものが

見られるかしら？

大事なものを
見失わずに
いられるかしら？

10月1日

スプーンの裏側

スプーンの裏側

に

映したら

どこまでも

つづく

花畑

10月12日

杉の木

ここにあるものに
透かして
向こう側を　のぞこうとすると

思っていたものと
違うものが
見えたりする

いつでも
そんなものが
大事なもの

10月19日

子猫の細いひげ

子猫の細いひげ
小花の針山
薄紅の綿毛

四つ穴のスパンコール

暖色の万華鏡

何にでもなれるし

何にもなれない

悲願花

11月1日

a hole to see the sky through

穴から　覗く世界は
なんて
奇妙
な
の
か
し
ら?

はみだしたくて
もっと広げたくて
その秘密の穴は一枚の写真のなか

11月9日

ただ　ただ

ただ　ただ　広い海と

間を　歩いていくうちに

ただ　ただ　長い陸の

空の染料が　波間に流れ込んで

海ガメは　海に還り

小鳩の群れは　空を行く

私は

ただ

ただ

途方に暮れる

ただ

ただ

ただ

ただ

11月17日

庭・シュウカイドウ

隠れたところに
あるものは

隠れた何かを

秘めていて

隠さずいつも

ありのまま

11月21日

さくらんぼが落ちた！

人が掴んだ

桜桃の向こうには

鶏が掴んだ桜坊

その桜坊までも奪ってしまったら

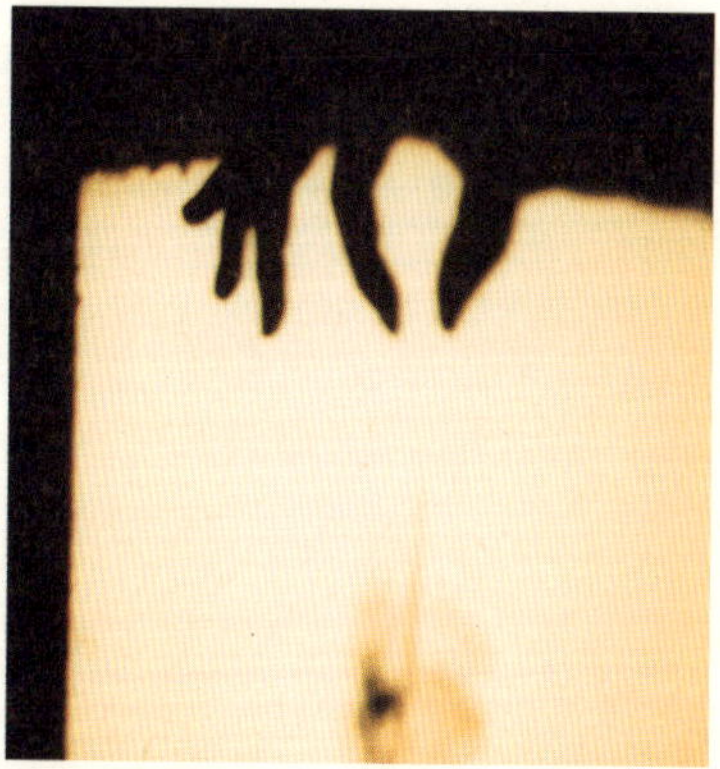

やがて何もなくなってしまうでしょう

飛行機ぐも

12月5日

冬の景色への

道しるべ

黄色いカーペットの上を
どこまでも

もっと白いほうへ
もっと　もっと静かなほうへ

12月15日

スプーン

屋根の下に

小さな　スプーンが　２つ

可愛い

小花を

散らして

家族のぶんだけ　並んでる
小さいあの子の　小さなスプーンも

買いま
しょ
う

12月22日

ポピーのとびら　クリスマス編

レースの　カーテン

越しに

淡　色の一　泡

夜の一色

枯れ葉の一片

合鴨の一羽

嵐の一夜

舞踊の一折

虹色の

一筋

蟻の一寝

写真の一連

悲しみの一霞

そんなものが
一花になったら
きっと　美しい

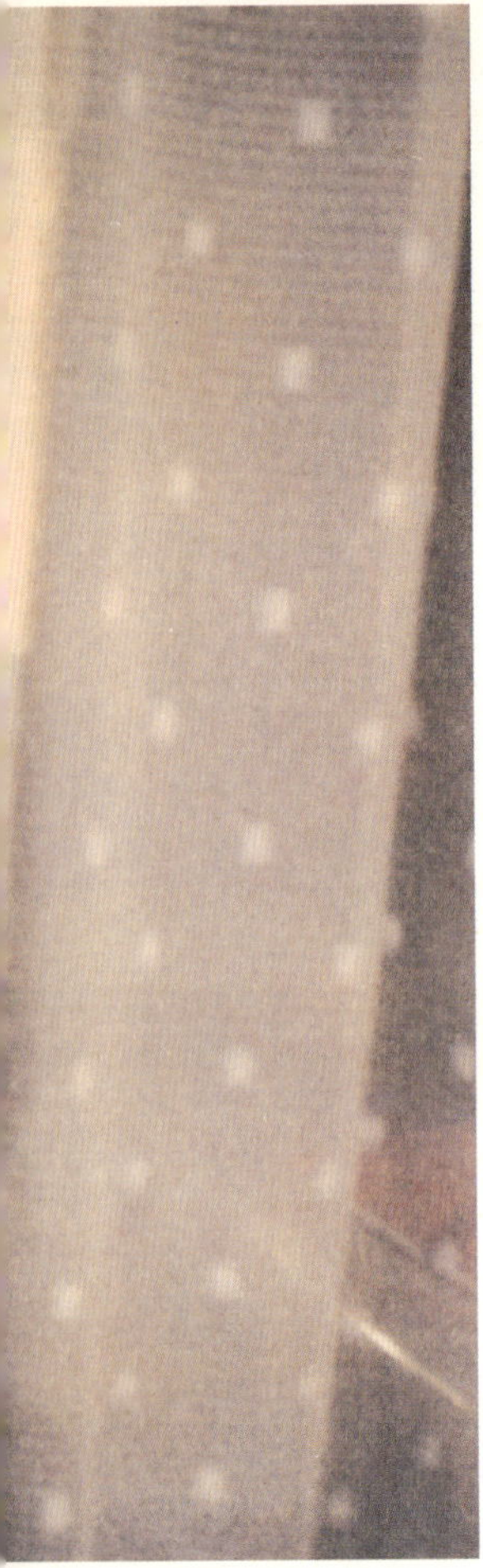

12月31日

ポピーのとびら　大晦日編

レースの　カーテン
越しに

ちりめん状　に
無数　の方向へ　飛び出す
世　界

そんなものが

きっと

大輪の花を

咲かせていく

1月16日

初詣で

蒼い

蒼い

夜明けの

そ

ら

に

は

まだ

一度も

見たことの　ない

も

の

が

こちらを

向いて　いる

そしてある日

かいちん

口づけを交わした

のは

あなたとわたし

わたしとあなた

1月25日

雪の日

凛とした雪の日に

吹きすさぶ　　　　天の声

白銀の毛布に覆われ
周りにある何もかもが

また　はじめから　芽吹いていく

大きく開けていく　あらゆるからくりの向こう側

2月2日

和菓子

つかんだと思ったら消えていて

くり返すうちに

2月21日

新幹線から

3月8日

Tree Top Mountain

凍てついた空は目を覚ます

寝ぼけまなこの
頬っぺをかすめた

薄明かりのオーボエの音色

数え切れない
ある朝のこと

3月20日

上野動物園 〃ペンギン〃

足並み 揃えて

飛び込んだ

水しぶきをあげて

プールの 外へ

3月29日

煙突

雲が　流れるように
煙突から　噴き出す煙も　流れていく

それは

まるで　別の　空を描いて
・・・・・・・・

3月29日

いちご

白

白

紅

紅

白

隠れんぼをしていた

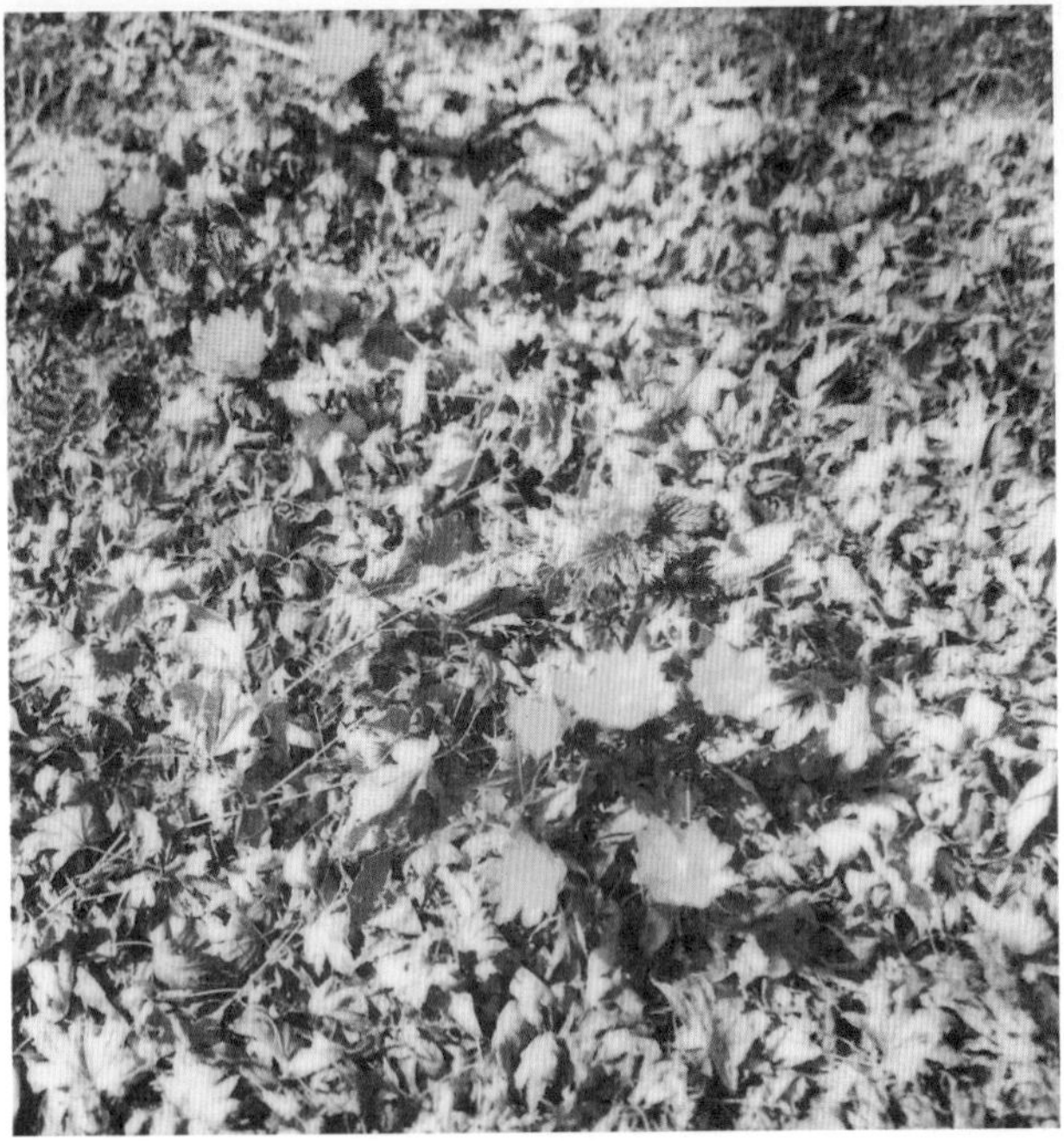

3月30日

足跡

そこらじゅうに
ついた
足跡を

追い　求める　よ　う　に

知らない　だれかが

私の　足　跡　を

見つけ　だして　くれる　ように

目印を

つ

けておこう

2006330

雨が降ったのなら傘をさしてみるように、
何気なく綴っていたものがこんなに積み重なっていたことにおどろきました。

頭の中を空っぽにして、私は気まぐれに舞い込む翠れんからの写真と、そこにちょこんと添えてあるお手紙を見つめていたのです。

そしてちらしの裏や間違えてしまったメモの後ろ、レシートの裏側やいらなくなった袋の上に、思うがままにことばを書き留めて、音符や休符やハーモニーをつけるときにするようにそうしていたのです。（時にはまちがえてくず入れにいってしまうこともしょっちゅうでしたが・・・）

私がそこに添えたものは詩でもなく詞でもなく、はたまた文章でもなければ物語でもないもので、これはなんなのかとたずねられたら、きっとなんでもないものなのでしょう。

不思議なことに送られてきたたくさんの写真たちは、皆揃いに揃ってあらゆることをこちらにおしゃべりしてくれるように私は感じていたからです。

それに耳を傾ける作業は、なんだか庭の手入れをしているうちに心が空になり、風と花が匂う、あれとよく似ていた気がします。

こうしたやりとりを続けていくうちに、春が来て夏になり、秋が去って冬を迎える頃、これまでのことを本にしないかというお話をいただきました。いつかこういうことを、影もかたちもないくらいに忘れてしまう前に、一つの本にしていただく機会をいただけたのは大変光栄なことでした。それをきっかけに、写真とことばを読み返してみると
あれ　こんなこと考えていたっけ　とか
こんな風に感じたんだっけ　とか
まるでなかったことのように思えることだらけで、それは知らないうちに、どこか別の場所へよそゆきの服でお出掛けしてしまっていたようなのです。
この一冊の小さな本の中にもいくつものお話があるように、きっとこの向こう側にもあらゆることが順番を待つように連なっているけれど、そこにあるのはいつもおんなじことなんじゃないかと思うのです。
音楽をつくるのと同じように、どうでもいいことがどんなものよりも大切なのだと思うのです。
この本を手にとって読んでくださった皆さん
一緒につくろうと手伝ってくださった皆さん
いろんな世界をみせてくれる写真好きの東野翠れんさん
本当にどうもありがとう

湯川潮音

美しいものを見ると、それが胸から溢れ出るような気持ちになって、溢れ出てゆくものと一緒になって、なにも考えられずに、ただただ　写真におさめていたような気がします。

春がきたころに始まって、夏がきて、あっという間に一年も経っていた、ということに今になって驚いています。

出かけていった先は、お家の庭だったこともあれば、帰り道に寄るどこか、友人がこころよく車の運転が出来ないわたしを連れて行ってくれた先々、

それが遠くても　近くても

目に映ったそのものを撮っている瞬間というのは、いつも遠足をしている気分になるので、わたしはいつでも旅をしていたいという気持ちから、写真ばかり撮っているのかなあ、といま行った先々を想像して思ったりもします。

むらさき色を見るとある人が想い浮かんだり

パンジーを見ると　また別の人が想い浮かんだり

花言葉のように
　この写真にも物語がついてゆく

小さな鳥がどこからともなくやってきて、四角いポラロイドから五線譜をちょんちょんとひっぱりだしてきて、うたいだしている様な一年間でした。

潮音ちゃんの言葉が、じっと座ったままの写真にふ――といのちを吹き込んで、言葉がうたいだすのを、いつもいち読者として覗きにいっていました。
今度は手の上で、あっちへと　こっちへと言葉がうたいだすと思うと楽しみです。

潮音ちゃんとこの本を作る時間をもらえたことと、最後まで読んで下さったみなさん、そして潮音の小鳥さんに、心より感謝の気持ちを込めて。

東野翠れん

ていうまに
ってしまいました。
へ覗きに来てくれ
ありがとうござい
くるような毎日の
皆さんに
ずっと
ますように

あ
1年ほど
これまで、
た皆さん、
ました。ペー
咲きがこれ
つづいて
……

本書は2005年4月から2006年3月まで、J-WAVE「MUSIC PLUS」のホームページ上で公開されていたオフィシャルブログ「東野翠れんplus湯川潮音blog」に加筆、修正をし、一部書き下ろしを足してまとめたものです。

風花空心

二〇〇六年八月十日　初版第一刷発行

写真　東野翠れん
ことば　湯川潮音
装丁　中島基文
企画協力　有限会社SOUK
EMI Artists
株式会社J-WAVE「MUSIC PLUS」
DJ TARO、松尾健司、廣木卓也、吉村奈々、今村美穂
編集　今成彩
発行人　孫家邦
発行所　株式会社リトルモア
〒一五一―〇〇五一
東京都渋谷区千駄ヶ谷三―五六―六
電話　〇三・三四〇一・一〇四二
FAX　〇三・三四〇一・一〇五二
info@littlemore.co.jp　http://www.littlemore.co.jp
印刷・製本　図書印刷株式会社

Printed in Japan　ISBN 4-89815-179-5 C0092